Ma belle planète

Evelyn E. Smith

Writat

Cette édition parue en 2024

ISBN : 9789359940083

Publié par
Writat
email : info@writat.com

MA PLANÈTE JUSTE

Par EVELYN E. SMITH

Le monde entier est une scène, donc il y avait de la place même pour ce mauvais acteur... seulement lui avait l'intention de le diriger !

Alors que Paul Lambrequin montait les escaliers de sa maison de chambres, il rencontra un homme dont le visage était tout faux. "Bonsoir", dit poliment Paul et il était sur le point de continuer son chemin lorsque l'homme l'arrêta.

"Vous êtes la première personne que je rencontre dans cet endroit qui ne ferme pas les yeux à ma vue", dit-il d'une voix atone avec un accent qui sortait du répertoire standard.

"Suis-je?" » demanda Paul, se revenant d'un de ces rêves rosés avec lesquels il se maintenait à l'écart d'une réalité pas trop aimable. "J'ose dire que c'est parce que je suis un peu myope." Il regarda vaguement l'étranger. Puis il recula.

« Qu'est-ce qui ne va pas chez moi, alors ? » » demanda l'étranger. "Est-ce que je n'ai pas deux yeux, un nez et une bouche, identiques aux autres personnes ?"

Paul étudia l'autre homme. "Oui, mais d'une manière ou d'une autre, ils semblent être mal assemblés. Bien sûr, vous n'y pouvez rien", ajouta-t-il en s'excusant, car, quand il y pensait, il détestait blesser les sentiments des gens.

"Oui, je peux, car, en vérité, c'est moi qui me suis constitué. Qu'ai-je fait de mal ?"

Paul le regarda d'un air pensif. "Je n'arrive pas à mettre le doigt dessus, mais il y a certaines nuances subtiles que vous ne semblez tout simplement pas avoir saisie. Si vous voulez mon avis professionnel, vous vous modelerez directement sur une personne réelle jusqu'à ce que vous ayez le talent de l'improvisation.

« Comme ça ? » Les contours de l'étranger scintillèrent et se brouillèrent en un nuage amorphe, qui se fondit ensuite dans la forme d'un grand et beau jeune homme au visage d'un démon naïf. "Voici, est-ce supérieur ?"

"Oh, de loin supérieur !" Paul tendit la main pour ajuster une mèche de cheveux égarée, puis réalisa qu'il ne se regardait pas dans un miroir. "Le problème, c'est que... eh bien, je préférerais que vous choisissiez quelqu'un d'autre sur lequel vous modeler. Vous voyez, dans ma profession, il est important d'avoir l'air aussi unique que possible ; cela aide les gens à se souvenir de vous. Je suis acteur, vous savez. Actuellement Il se trouve que je suis en liberté, mais l'année dernière... "

"Eh bien, à qui devrais-je ressembler ? Dois-je peut-être choisir une personnalité remarquable parmi vos impressions publiques à imiter ? Comme votre président, peut-être ?"

"Je… je ne le pense pas. Il ne serait pas bon de prendre modèle sur quelqu'un de connu – ou même sur quelqu'un d'obscur que vous pourriez rencontrer un jour." Etant un jeune homme au bon cœur, Paul a ajouté : "Montez dans ma chambre. J'ai quelques magazines de cinéma britanniques et il y a beaucoup d'acteurs anglais relativement obscurs qui sont des types très convenables."

Ils grimpèrent donc jusqu'à la petite chambre chaude de Paul, sous les combles, et, après avoir feuilleté plusieurs magazines, Paul choisit un certain Ivo Darcy comme candidat probable. Sur quoi l'étranger s'est déliqué et s'est transformé en le simulacre aimable du jeune M. Darcy.

"C'est tout un truc", observa Paul alors qu'il comprenait enfin ce que l'autre avait fait. "Cela serait utile dans la profession – pour les rôles de personnages, vous savez."

"Je crains que vous ne puissiez jamais le trouver", dit l'étranger, s'observant avec complaisance dans le miroir. "Ce n'est pas un truc mais une capacité raciale. Vous voyez, je sens que je peux vous faire confiance—"

"— Bien sûr, je ne suis pas vraiment un acteur de personnage ; je suis un homme de premier plan, mais je pense qu'il faut être polyvalent, car il y a des moments où un très bon rôle de personnage arrive—"

"—Je ne suis pas un être humain. Je suis originaire de la cinquième planète qui circule autour de l'étoile que vous appelez Sirius, et nous, les Siriens, avons la capacité de nous transformer en l'apparition de toute autre forme livide—"

"Je pensais que ça pourrait être un accent proche-oriental !" » s'exclama Paul, détourné. "Est-ce que les Libanais ont quelque chose comme ça ? Parce que je comprends qu'il y a une partie vraiment juteuse à venir dans—"

"J'ai dit *Sirien* , pas *Syrien* ; je ne viens pas d'Asie Mineure mais de l'espace, d'un autre système solaire. Je suis un étranger, un extraterrestre."

"J'espère que vous avez fait un bon voyage", dit poliment Paul. « De Sirius, avez-vous dit ? Quel est l'état du théâtre là-bas ?

« Dans son infanticide, lui dit l'étranger, mais … »

"Soyons réalistes", marmonna amèrement Paul, "ici aussi, cela n'en est qu'à ses balbutiements. Pas de planification globale. Aucune appréciation du fait que tous les éléments qui composent une production devraient être une totalité continue, au lieu d'un tout. coalition ténue de forces distinctes qui se désintègrent… »

"Je comprends que vous êtes actuellement au chômage. Je devrais—"

"Vous ne trouverez pas une telle situation en Russie !" continua Paul, heureux de découvrir un auditoire sympathique chez cet étranger intelligent. " Attention, " ajouta-t-il rapidement, " je désapprouve entièrement leur politique. En fait, je désapprouve toute politique. Mais quand il s'agit de théâtre, à bien des égards, les Russes... "

"—J'aimerais faire une proposition pour notre progrès mutuel— "

"-Vous ne trouveriez pas un acteur là-bas jouant un rôle principal une saison et ne pouvant ensuite obtenir aucun rôle, à l'exception du stock d'été et des morceaux pour les deux années suivantes. D'accord, donc la série dans laquelle j'avais le rôle principal s'est arrêtée après deux semaines, mais les critiques étaient toutes ravies de ma performance, c'était la pièce qui puait !"

"Voulez-vous terminer le monologue et m'écouter !" Cria l'extraterrestre.

Paul s'arrêta de parler. Ses sentiments étaient blessés. Il avait pensé qu'Ivo l'aimait bien ; maintenant, il voyait que tout ce que l'étranger voulait faire, c'était parler de ses propres problèmes.

"Je désire vous offrir un poste", a déclaré Ivo.

"Je ne peux pas accepter un travail régulier", dit Paul d'un ton maussade. "Je dois être disponible pour des entretiens. Un type que je connaissais a accepté un emploi dans un magasin et, lorsqu'on l'a appelé pour lire un rôle, il n'a pas pu s'en sortir. Le type qui a obtenu ce rôle est devenu une grande star, et peut-être que l'autre type aurait pu être une star aussi, mais maintenant tout ce qu'il est est un mauvais président du conseil d'administration d'une chaîne de grands magasins… »

"Ce travail peut être effectué lors de votre convention entre les lectures et les entretiens, chaque fois que vous en avez le temps. Je vous paierai magnifiquement, étant riche en devises américaines. Je veux que vous m'appreniez comment agir."

"Apprends-toi à agir", répéta Paul, plutôt intrigué. "Eh bien, je ne suis pas un coach dramatique, vous savez ; cependant, j'ai quelques idées sur le sujet. J'ai l'impression que la plupart des professeurs de théâtre de nos jours ne parviennent pas à donner à leurs étudiants une base vraiment approfondie dans tous les aspects de l'art dramatique. . Tout ce dont ils parlent, c'est de méthode, de méthode, de méthode. Mais qu'en est-il de la technique ?

"J'ai observé votre espèce avec beaucoup de diligence et je pensais avoir acquis vos habitudes et votre langage à la perfection. Mais je crains que, comme mon premier visage, je ne les ai mal compris. Je veux que tu m'apprennes à me comporter comme un être humain. , parler comme un être humain, penser comme un être humain."

L'attention de Paul a été vraiment attirée. "Eh bien, c'est *un* défi ! Je suppose que Stanislavski n'a jamais eu à enseigner à un extraterrestre, ni même à Strasberg..."

"Alors nous sommes en accord", a déclaré Ivo. "Tu vas m'instruire ?" Il essaya de sourire.

Paul frémit. "Très bien", dit-il. "Nous allons commencer maintenant. Et je pense que la première chose par laquelle nous ferions mieux de commencer, ce sont des leçons de sourire."

Ivo s'est avéré être une étude rapide. Il a non seulement appris à sourire, mais aussi à froncer les sourcils et à exprimer sa surprise, son plaisir, son horreur, quelle que soit l'occasion. Il a appris le don de contrefaire l'humanité avec une telle habileté que Paul a été ému de remarquer un après-midi alors qu'ils quittaient Brooks Brothers après un essayage : « Parfois, tu sembles encore plus humain que moi, Ivo. J'aimerais que tu fasses attention aux cette tendance à déclamer, cependant, vous êtes censé parler, pas faire des discours.

"J'essaie de ne pas le faire", a déclaré Ivo, "mais je me laisse emporter par l'enthousiasme."

"Apparemment, j'ai un vrai talent pour l'enseignement", poursuivit Paul alors que, savamment camouflés par Brooks, les deux jeunes hommes se fondaient dans les denses sous-bois gris anthracite de Madison Avenue. « Il me semble que je suis encore plus polyvalent que je ne le pensais. Peut-être que j'ai… enfin, je n'ai pas gaspillé mais limité mes talents.

"C'est peut-être parce que vos talents n'ont pas été suffisamment appréciés", a suggéré son élève vedette, "ou n'ont pas été suffisamment exploités".

Ivo était tellement perspicace ! "En fait", a reconnu Paul, "il m'a souvent semblé que si un individu vraiment doué, également habile à jouer, à mettre en scène, à produire, à écrire des pièces de théâtre, à enseigner, etc., entreprenait une synthèse approfondie du du théâtre… ah, mais cela coûterait de l'argent, s'interrompit-il, et qui financerait un tel projet, certainement pas le gouvernement des États-Unis ? Il eut un rire amer.

"Peut-être que, sous un nouveau régime, les conditions pourraient être plus favorables pour l'artiste..."

" Chut ! " Paul regarda nerveusement par-dessus son épaule. "Il y a des sénateurs partout. D'ailleurs, je n'ai jamais dit que les choses étaient *bien* en Russie, juste *meilleures* , bien sûr, pour l'acteur. Bien sûr, ces pièces sont une atroce propagande..."

"Je ne faisais pas référence à un autre régime humain. Au mieux, à l'exception de certains esprits choisis, l'être humain est antipathique aux arts. Nous, les étrangers, avons un bien plus grand respect pour les choses de l'esprit."

Paul ouvrit la bouche ; Ivo continua sans lui laisser l'occasion de parler : " Vous vous êtes sans doute souvent demandé ce que je fais ici sur Terre ? "

La question n'avait jamais effleuré l'esprit de Paul. Se sentant vaguement coupable, il murmura : "Certaines personnes ont de drôles d'idées sur les endroits où aller en vacances."

"Je suis ici pour affaires", lui dit Ivo. "La situation sur Sirius est grave."

"Tu sais, c'est accrocheur ! 'La situation sur Sirius est grave'," répéta Paul en tapant du pied. "J'ai souvent pensé à m'essayer à une comédie musicale—"

"Je veux dire que nous avons eu un grave problème de population au cours des deux derniers siècles, c'est pourquoi notre gouvernement a envoyé des éclaireurs pour rechercher d'autres planètes avec une atmosphère, un climat, une gravité similaire, etc., où nous pouvons expédier notre population excédentaire. Jusqu'à présent, nous en avons trouvé très peu. »

Lorsque l'attention de Paul était concentrée, il pouvait être aussi rapide que n'importe qui pour faire le lien entre deux et deux. "Mais la Terre est déjà occupée. En fait, quand j'étais à l'école, j'ai entendu dire que nous avions nous-mêmes un problème de population."

"Les autres planètes que nous avions déjà... euh... conquises étaient dans un état similaire", expliqua Ivo. "Nous avons réussi à surmonter cette difficulté."

"Comment?" » demanda Paul, même s'il soupçonnait déjà la réponse.

"Oh, nous n'avons pas éliminé *tous* les habitants. Nous avons simplement éliminé les indésirables - qui, par hasard, étaient majoritaires - et sommes parvenus à une coexistence heureuse et pacifique avec les autres."

"Mais écoute," protesta Paul. "Je veux dire--"

"Par exemple," dit Ivo avec suave, "prenons le grand nombre de gens qui regardent la télévision et qui n'ont jamais vu une pièce de théâtre légitime de leur vie et qui, en fait, vont rarement au cinéma. Ils sont sûrement inutiles."

"Eh bien, oui, bien sûr. Mais même parmi eux, il pourrait y avoir... oh, disons, la mère d'un dramaturge..."

"L'une des premières mesures que prendrait notre régime serait d'établir un vaste réseau de théâtres communautaires à travers le monde. Et toi, Paul, tu recevrais le premier choix des rôles principaux."

"Maintenant, attends une minute !" Paul a pleuré chaleureusement. Il se permettait rarement de s'emporter, mais quand il le faisait... il se mettait *en colère* ! « Je suis fier d'être arrivé jusqu'ici uniquement grâce à mes propres mérites. Je ne crois pas à l'usage de l'influence pour... »

"Mais, mon cher, je voulais simplement dire qu'avec un théâtre intelligemment coordonné et un public intellectuellement adulte, vos capacités seraient automatiquement reconnues."

"Oh," dit Paul.

Il n'ignorait pas qu'on le flattait, mais il était si rare qu'on prenait la peine de lui prêter attention lorsqu'il ne jouait pas un rôle, qu'il était difficile de ne pas succomber. « Est-ce que... est-ce que tu comptes conquérir la planète à toi tout seul ? » demanda-t-il avec curiosité.

"Mon Dieu, non ! Aussi talentueux que je sois, il y a des limites. Je ne fais pas le... ah... sale boulot moi-même. Je mène juste l'enquête préliminaire pour déterminer la puissance des défenses locales. "

« Nous avons des bombes à hydrogène », dit Paul, essayant de se rappeler les détails d'un article de journal qu'il avait lu un jour dans l'antichambre d'un producteur, « et des bombes au plutonium et... »

"Oh, je connais tout ça," sourit Ivo d'un air expert. "Mon travail consiste à vérifier que vous n'avez rien de vraiment dangereux."

Toute la nuit, Paul a lutté avec sa conscience. Il savait qu'il ne devait pas laisser Ivo continuer. Mais que pouvait-il faire d'autre ? S'adresser aux autorités compétentes ? Mais quelles étaient les autorités compétentes ? Et même s'il les retrouvait, qui croirait un acteur en coulisses, délivrant des répliques aussi improbables ? Soit on se moquait de lui, soit on l'accusait de faire partie d'un complot subversif. Cela pourrait entraîner une mauvaise publicité qui pourrait ruiner sa carrière.

Donc Paul n'a rien fait pour Ivo. Il retourna aux tournées habituelles des bureaux des agents et des producteurs, et la connaissance de la raison pour laquelle Ivo était sur Terre fut repoussée plus loin dans son esprit alors qu'il marchait péniblement d'interview en lecture en interview.

C'était un mois d'octobre exceptionnellement chaud – le genre de temps où parfois il perdait presque la foi et commençait à se demander pourquoi il se cognait la tête contre un mur de pierre, pourquoi il n'avait pas trouvé de travail dans un grand magasin quelque part ou n'enseignait pas à l'école. Et puis il pensa aux applaudissements, aux rappels, au rêve de voir un jour son nom allumé au-dessus du titre de la pièce – et il savait qu'il n'abandonnerait jamais. Quitter le théâtre équivaudrait à se suicider, car hors scène, il ne vivait que techniquement. Il était bon; il savait qu'il était bon, alors un jour, se disait-il, il obtiendrait forcément sa grande chance.

Vers la fin de ce mois, c'est arrivé. Après trois lectures maximum, entre lesquelles ses espoirs ont alternativement augmenté et diminué, il a été choisi pour le rôle principal masculin dans *The Holiday Tree* . Les producteurs étaient plus intéressés, disaient-ils, par quelqu'un qui correspondait au rôle d'Eric Everard plutôt que par un grand nom, d'autant plus que la star féminine préférait que son éclat ne soit pas terni par la concurrence.

Les répétitions lui prenaient tellement de temps qu'il ne vit que très peu Ivo pendant les cinq semaines suivantes – mais à ce moment-là, Ivo n'avait plus besoin de lui . En fait, ils n'étaient plus professeur et élève désormais mais des compagnons, rapprochés par le fait qu'ils appartenaient tous deux à des mondes différents de celui dans lequel ils vivaient. Dans la mesure où il pouvait aimer quiconque existait en dehors de son imagination, Paul était devenu plutôt attaché à Ivo. Et il pensait plutôt qu'Ivo l'aimait aussi – mais, comme il ne pouvait jamais être sûr des réactions des gens ordinaires à son égard, comment pouvait-il être sûr de celles d'un étranger ?

Ivo venait parfois aux répétitions, mais naturellement, cela serait ennuyeux pour lui, puisqu'il n'était pas dans le métier, et, au bout d'un moment, il ne venait plus très souvent. Au début, Paul ressentit un pincement au cœur ; puis il se souvint qu'il n'avait pas à s'inquiéter. Ivo avait son propre travail.

Toute la troupe *de Holiday Tree* est partie hors de la ville pour les essais, et Paul n'a pas vu Ivo du tout pendant six semaines. Ce furent des semaines chargées et heureuses, car la pièce fut un succès retentissant dès le début. Il a joué dans des salles combles à New Haven et à Boston, et le box-office de New York était complet des mois à l'avance avant même son ouverture.

"Ça doit être plutôt amusant de jouer", a déclaré Ivo à Paul le matin après la première à New York, alors que Paul se reposait avec contentement sur son lit - il avait maintenant la meilleure chambre de la maison - au milieu d'une pile de critiques élogieuses. Enfin, il était arrivé. Tout le monde l'aimait. Ce fut un succès.

Et maintenant qu'il avait lu les critiques et qu'elles étaient toutes favorables, il pouvait prêter attention aux choses étranges qui étaient arrivées à son ami. Se soulevant sur un coude, Paul s'écria : "Ivo, tu *marmonnes* ! Après tout, je t'ai appris l'articulation !"

"J'ai traîné avec ce groupe d'acteurs pendant votre absence", a déclaré Ivo. "Ils disent que marmonner est la chose à venir . 'Côtés côtés, vous n'arrêtiez pas de japper que j'ai déclamé, alors—'

"Mais tu n'es pas obligé d'aller à l'extrême opposé et— *Ivo* !" Avec incrédulité, Paul remarqua tous les détails de l'apparence de l'autre. "Qu'est-il arrivé aux costumes de vos Brooks Brothers ?"

"Je les ai accrochés Dans un placard," répondit Ivo, l'air gêné. "J'en ai porté un la nuit dernière, cependant," continua-t-il sur la défensive. "Les bois sont venus habillés comme ça à l'ouverture . Mais tous les autres gars portent des jeans bleus et des vestes en cuir. Je veux dire, bon sang, je dois me conformer plus que n'importe qui. Tu le sais, Paul.

« Et… » Paul se redressa brusquement ; c'était l'outrage suprême : « Vous vous êtes changé ! Vous avez *rajeuni* !

"C'est un âge de jeunesse ", marmonna Ivo. "Et je pensais que j'étais sur le point d'improviser, comme tu l'as dit."

"Ecoute, Ivo, si tu veux vraiment monter sur scène———"

"Bon sang, je ne veux pas être acteur !" Ivo protesta, beaucoup trop véhémentement. " Tu sais , putain, je suis un... un espion qui surveille les alentours pour voir si tu as des défenses secrètes avant de faire mon rapport . "

"Je n'ai pas l'impression de révéler des secrets gouvernementaux", a déclaré Paul, "quand je vous dis que les bastions de nos défenses ne sont pas érigés à l'Actors' Studio."

"Écoute, mon pote, laisse-moi espionner comme je veux et je te laisserai agir comme tu veux ."

Paul était troublé par ce changement chez Ivo car, même s'il avait toujours essayé d'éviter toute implication sociale, il ne pouvait s'empêcher de penser que le jeune extraterrestre était devenu dans une certaine mesure sa responsabilité, surtout maintenant qu'il était adolescent. Paul se serait même inquiété pour Ivo, s'il n'y avait pas eu tant d'autres choses qui l'occupaient. Tout d'abord, les producteurs de *The Holiday Tree* n'ont pas pu résister à la pression d'un public adoré ; Même si la star originale boudait, trois mois après la première de la pièce à New York, le nom de Paul apparaissait en lumière à côté du sien, *au-dessus du titre de la pièce. C'était une star.*

C'était bien. Mais il y avait Grégory. Et c'était mauvais. Gregory était la doublure de Paul, un beau jeune homme maussade qu'on avait entendu à de nombreuses reprises prononcer des paroles du genre : « C'est le rôle qui est si bon, pas lui. Si j'avais la chance de jouer Eric Everard une seule fois, ils rendraient Lambrequin aux Indiens.

Parfois, il avait dit ces mots devant Paul ; Parfois, les remarques avaient été transmises avec amour par d'autres membres de la distribution qui estimaient que Paul devrait savoir.

"Je n'aime pas ça Gregory", a déclaré Paul à Ivo un lundi soir alors qu'ils fumaient tranquillement ensemble, car il n'y avait pas de représentation ce soir-là. "Il était un jeune délinquant, il a été envoyé dans une de ces écoles de réforme où ils utilisent le théâtre comme thérapie et cela s'est avéré être son *métier*. Mais on ne sait jamais quand ce type entendra à nouveau l'appel de la nature."

" Aaaah , c'est un bon garçon", a déclaré Ivo. "Il n'a tout simplement jamais eu de chance ."

"Le problème, c'est que j'ai peur qu'il se *fasse* une chance , une chance bien entendu."

" Aaaah ", rétorqua Ivo, avec une fierté inarticulée.

Cependant, lorsqu'à six heures trente ce vendredi-là, Paul tomba sur un fil tendu entre les montants de la porte menant à sa salle de bain privée et se cassa une jambe, même Ivo fut obligé d'admettre que cela ne ressemblait pas à un accident.

"Ivo", gémit Paul lorsque le médecin fut parti, "que vais-je faire ? Je refuse de laisser Grégory continuer à ma place ce soir !"

" Tu vas hafta ," dit Ivo, déplaçant son chewing-gum de l'autre côté de sa bouche. "Il n'est pas étudiant ."

"Mais le médecin a dit qu'il me faudrait des semaines avant de pouvoir à nouveau me déplacer. Soit Gregory va reprends complètement le rôle avec son interprétation et je serai laissé de côté, ou plus probablement, il gâchera la pièce et elle se pliera avant que je sois debout. "

" Tu dois avoir plus confiance en toi , gamin. Le public n'est pas va j'oublierai dans quelques semaines."

Mais Paul savait bien mieux que l'idéaliste Ivo à quel point le public peut être inconstant. Cependant, il choisit un argument qui plairait au garçon. "N'oublie pas, il m'a piégé !"

" Certainement ça y ressemble," fut forcé de concéder Ivo. "Mais attention va faire? Tu ne peux pas le prouver. "Côtés, le rideau va gwup dans un peu pendant une nour - "

Paul agrippa le poignet nerveux d'Ivo. "Ivo, tu dois continuer pour moi !"

" T'as des cailloux dans la tête ou quelque part ? " » demanda Ivo, essayant de ne pas avoir l'air content. "Je ne suis pas je dois Carte d'équité , et même si je l'avais fait, *il est* tu n'étudies pas ."

"Non, tu ne comprends pas. Je ne veux pas que tu continues dans le rôle d'Ivo Darcy dans le rôle d'Eric Everard. Je veux que tu continues dans le rôle de Paul Lambrequin dans le rôle d'Eric Everard. *Tu peux le faire, Ivo !*"

"Bon Dieu, alors je peux!" » murmura Ivo, négligeant temporairement de marmonner. "J'avais presque oublié."

"Tu connais aussi mon texte. Tu m'as assez souvent indiqué mon rôle."

Ivo se passa la main sur le front. "Ouais, je suppose que oui."

"Ivo," le supplia Paul, "je pensais que nous étions... amis. Je ne veux pas te demander de faveurs, mais je t'ai aidé quand tu avais des ennuis. J'ai toujours pensé que je pouvais compter sur toi. Je n'ai jamais pensé que tu ça me laisserait tomber."

"Et je ne le ferai pas." Ivo saisit la main de Paul. "Je vais y aller ce soir et jouer une partie comme si elle n'avait jamais été jouée auparavant ! Je vais—"

"Non ! Non ! Joue comme je l'ai joué. Tu es censé être *moi* , Ivo ! Oublie Strasberg ; retourne à Stanislavski."

"D'accord, mon pote", dit Ivo. "Ça ira."

"Et promets-moi une chose, Ivo. Promets-moi que *tu ne marmonneras pas* ."

Ivo grimaça. "D'accord, mais tu es le seul pour qui je ferais ça."

Lentement, il commença à scintiller. Paul retint son souffle. Peut-être qu'Ivo avait oublié comment se transmuter. Mais la technique a triomphé de la méthode. Ivo Darcy a progressivement fusionné pour ressembler à Paul Lambrequin. Le spectacle continuerait !

"Eh bien, comment ça s'est passé ?" » demanda anxieusement Paul quand Ivo entra dans sa chambre peu après minuit.

"Plutôt bien", dit Ivo en s'asseyant sur le bord du lit. "Gregory a été extrêmement surpris de me voir. Il m'a demandé une demi-douzaine de fois comment je me sentais." Ivo ne se contentait pas d'articuler, Paul était heureux de le remarquer ; il énonçait.

"Mais le spectacle, comment ça s'est passé ? Est-ce que quelqu'un soupçonnait que vous étiez un sosie ?"

"Non," dit lentement Ivo. "Non, je ne pense pas. J'ai eu douze rappels", a-t-il ajouté en regardant droit devant lui avec un sourire rêveur. "Douze."

"Le vendredi soir, le public est toujours enthousiaste." Puis Paul déglutit difficilement et dit : "En plus, je suis sûr que tu étais génial dans ce rôle."

Mais Ivo ne semblait pas l'entendre. Ivo était toujours plongé dans sa stupeur dorée. "Juste avant que le rideau ne se lève, je ne pensais pas que j'en serais capable. J'ai commencé à ressentir un frémissement intérieur, comme je le fais avant de—je change."

"Les papillons dans le ventre, c'est le terme professionnel." Paul hocha sagement la tête. "Un très bon acteur les reçoit avant chaque représentation. Peu importe le nombre de fois que je joue un rôle, il y a ce moment où les lumières de la maison commencent à baisser et où je suis dans une panique absolue—"

"—Et puis le rideau s'est levé et tout allait bien. J'allais bien. J'étais Paul Lambrequin. J'étais Eric Everard. J'étais... tout."

"Ivo," dit Paul en lui frappant l'épaule, "tu es un soldat né."

"Oui," murmura Ivo, "je commence à le penser moi-même."

Pendant les quatre semaines suivantes, Paul Lambrequin se cachait dans sa chambre tandis qu'Ivo Darcy jouait Paul Lambrequin dans le rôle d'Eric Everard.

"C'est formidable de ta part de prendre tout ce temps loin de tes devoirs, mon vieux", dit un jour Paul à Ivo entre la matinée et les représentations du soir. "Je l'apprécie vraiment. Même si je suppose que tu as réussi à en intégrer quelques-uns. Je ne te vois jamais les après-midi hors matinée."

"Devoirs?" répéta Ivo d'un air absent. "Oui, bien sûr, mes devoirs."

"Laissez-moi cependant vous donner quelques conseils de professionnels. Soyez plus prudent lorsque vous vous démaquillez. Il y a encore un peu de peinture grasse dans les racines de vos cheveux."

"C'est bâclé de ma part", approuva Ivo en se mettant au travail avec une serviette.

"Je ne comprends pas du tout pourquoi tu prends la peine de mettre ce truc", sourit Paul, "alors que tout ce que tu as à faire est juste de changer un peu plus."

"Je sais." Ivo se frotta vigoureusement les tempes. "Je suppose que j'aime juste l'odeur de ce truc."

"Ivo," rit Paul, "ça ne sert à rien d'essayer de me tromper; tu es stupéfait. Je suis sûr que j'ai assez d'attrait maintenant pour te faire jouer un petit rôle quelque part, quand je serai de nouveau debout, et alors tu pourras Procurez -vous une carte Equity. Peut-être," ajouta-t-il avec amusement, "Je peux même vous demander de remplacer Gregory comme doublure."

Plus tard, rétrospectivement, Paul pensa qu'il y avait peut-être une expression curieuse dans les yeux d'Ivo, mais à ce moment-là, il n'avait aucune idée que quelque chose de fâcheux se préparait. Il n'a découvert ce qui se passait dans la tête d'Ivo que le dimanche précédant le mardi où il envisageait de reprendre ses fonctions.

"Seigneur, ça va être bon de sentir à nouveau cette scène sous mes pieds", dit-il alors qu'il effectuait une série d'exercices d'assouplissement compliqués de sa propre conception , qu'il avait parfois pensé à publier sous le titre *The Lambrequin Time and Motion. Études* . Cela semblait injuste de les éloigner des autres acteurs.

Ivo se détourna du miroir dans lequel il contemplait leur beauté mutuelle. "Paul," dit-il doucement, "tu ne sentiras plus jamais cette scène sous tes pieds."

Paul s'assit par terre et le regarda.

"Vous voyez, Paul," dit Ivo, "je suis Paul Lambrequin maintenant. Je suis plus Paul Lambrequin que je ne l'étais - qui que j'étais sur ma planète natale. Je suis plus Paul Lambrequin que *vous* ne l'avez jamais été. Vous avez appris le rôle superficiellement, Paul, mais je le *ressens vraiment* ."

"Ça n'en fait pas partie", dit Paul d'un ton maussade. "C'est moi. J'ai toujours été Paul Lambrequin."

"Comment peux-tu en être sûr ? Tu as eu tant d'identités, pourquoi celle-ci devrait-elle être la vraie ? Non, tu *penses seulement* que tu es Paul Lambrequin. Je *sais que* je le suis."

"Bon sang," dit Paul, "c'est l'identité dans laquelle j'ai souscrit à l'Equity. Et sois raisonnable, Ivo, il ne peut pas y avoir deux Paul Lambrequins."

Ivo sourit tristement. "Non, Paul, tu as raison. Ce n'est pas possible."

Bien sûr, Paul savait depuis le début qu'Ivo n'était pas un être humain. Ce n'est que maintenant, cependant, qu'il réalisa pleinement à quel point l'autre était un monstre extraterrestre impitoyable, n'existant que pour satisfaire ses propres desseins, ignorant que les autres avaient le droit d'exister.

« Est-ce que… allez-vous… vous débarrasser de moi, alors ? » demanda faiblement Paul.

"Pour me débarrasser de toi, oui, Paul. Mais pas pour te tuer. Mon espèce a assez tué, assez conquis. Nous n'avons pas de véritable problème de population ; c'était juste une excuse que nous avons invoquée pour apaiser notre propre conscience."

"Vous avez une conscience, n'est-ce pas ?" Le visage de Paul se tordit en un ricanement qu'il sentit lui-même tout de suite trop mélodramatique et totalement peu convaincant. D'une manière ou d'une autre, il ne pourrait jamais être vraiment authentique en dehors de la scène.

Ivo fit un grand geste. "Ne sois pas amer, Paul. Bien sûr que nous le sommes. Toutes les formes de vie intelligentes le sont. C'est l'une des pénalités de la sensibilité !"

Pendant un instant, Paul s'oublia. "Regarde ça, Ivo. Tu commences à embêter tes répliques."

"Nous pouvons instaurer un contrôle des naissances", poursuivit Ivo, d'un air contenu. "Nous pouvons construire des bâtiments plus hauts. Oh, il existe de nombreuses façons de faire face à l'augmentation de la population. Ce n'est pas le problème. Le problème est de savoir comment détourner nos énergies créatrices de la destruction vers la construction. Et je pense l'avoir résolu."

"Comment votre peuple saura-t-il que vous l'avez fait," demanda sournoisement Paul, "puisque vous dites que vous ne reviendrez pas ?"

" *Je* ne retourne pas auprès de Sirius, Paul, c'est *toi* . C'est toi qui vas enseigner à mon peuple l'art de la paix pour remplacer l'art de la guerre. "

Paul se sentit tourner ce qui était probablement un blanc très efficace. « Mais… mais je ne parle même pas la langue ! Je… »

"Vous apprendrez la langue pendant le voyage. J'ai passé ces après-midi où j'étais absent à faire une série de disques *Sirian -in-a-Jiffy* pour vous. Le Sirian est une langue magnifique, Paul, bien plus expressive que n'importe laquelle de vos langues terrestres. Vous ça va plaire."

"Je suis sûr que je le ferai, mais—"

"Paul, vous allez apporter à mon peuple le moyen d'expression dont il a toujours eu besoin. Vous voyez, je vous ai menti. Le théâtre sur Sirius n'en est pas à ses balbutiements ; il n'a jamais été conçu. S'il l'avait été, nous ne serions jamais devenus ce que nous sommes aujourd'hui. Pouvez-vous imaginer qu'une race comme la mienne, si superbement équipée pour pratiquer l'art dramatique, reste dans l'ignorance aveugle qu'un tel art existe !

"Cela semble être un terrible gâchis", dut reconnaître Paul, même s'il ne pouvait pas se montrer vraiment sympathique à ce moment-là. "Mais je suis à peine équipé—"

"Qui est mieux équipé que vous pour relever ce formidable défi ? Ne voyez-vous pas qu'enfin vous pourrez réaliser votre grande synthèse des arts théâtraux - en tant que producteur, professeur, metteur en scène, acteur, dramaturge, quoi que vous vouliez. , travaillant avec un groupe d'individus capables de prendre n'importe quelle forme, qui n'ont aucune idée préconçue de ce qui peut être fait et de ce qui ne peut pas être fait. Oh, Paul, quelle glorieuse opportunité t'attend sur Sirius V. Comme je t'envie !"

"Alors pourquoi tu ne le fais pas toi-même ?" » demanda Paul.

Ivo sourit à nouveau tristement. "Malheureusement, je n'ai pas vos multiples capacités. Tout ce que je peux faire, c'est jouer. Superbement, bien sûr, mais c'est tout. Je n'ai pas la capacité de construire un théâtre vivant à partir de rien. Vous l'avez. J'ai du talent, Paul , mais tu as du génie."

"C'est *une* tentation", a admis Paul. "Mais quitter mon propre monde..."

"Paul, la Terre n'est pas votre monde. Vous emportez le vôtre partout avec vous. Votre monde existe dans l'esprit et le cœur, pas dans la réalité. Dans n'importe quelle situation réelle, vous êtes tout aussi mal à l'aise sur Terre que vous le seriez. sur Sirius."

"Oui mais-"

"Pensez-y de cette façon, Paul. Vous ne quittez pas votre monde. Vous quittez simplement la Terre pour prendre la route. C'est un chemin plus long, mais regardez ce qui vous attend au bout."

"Oui, écoutez", dit Paul, la réalité étant très présente dans son esprit et son cœur à ce moment-là, "la mort ou la vivisection".

"Paul, tu crois que je te ferais ça ?" Il y avait des larmes dans les yeux d'Ivo. S'il jouait, c'était un grand interprète. *Je suis vraiment un sacré bon professeur* , pensa Paul, *et avec beaucoup de matière première comme Ivo avec qui travailler, je pourrais.... Pourrait-il vraiment penser ce qu'il dit ?*

"Ils ne te feront pas de mal, Paul, parce que tu viendras à Sirius avec un message de ma part. Tu diras à mon peuple que la Terre possède une arme défensive puissante et que tu es venu pour leur apprendre son secret. Et c'est vrai, Paul. Le théâtre est l'arme la plus puissante de votre monde, sa meilleure défense contre l'ennemi universel : la réalité. »

"Ivo," dit Paul, "tu dois vraiment contrôler cette tendance à l'emphase. Surtout avec un discours violet comme celui-là; tu dois simplement apprendre à minimiser. Tu feras attention à ça quand je serai parti, tu ne le feras pas." et toi ?"

"Je vais!" Le visage d'Ivo s'éclaira. "Oh, je le ferai, Paul. Je promets de ne plus jamais mâcher le paysage. Je ne grignoterai même pas un accessoire!"

Le lendemain, ils montèrent tous les deux à Bear Mountain où le navire d'Ivo avait été caché pendant tous ces mois. Ivo a expliqué à Paul comment fonctionnaient les commandes et lui a montré où se trouvaient les serviettes propres.

S'arrêtant dans le sas, Paul regarda vers Manhattan. "J'ai rêvé de voir mon nom illuminé à Broadway pendant tant d'années," murmura-t-il, "et maintenant, juste au moment où j'y suis arrivé—"

"Je vais le garder là-haut", a juré Ivo. "Je te le promets. Et pendant ce temps, tu vas construire un nouveau Broadway là-haut, dans les étoiles !"

"Oui," dit Paul rêveusement, "c'est quelque chose à espérer, n'est-ce pas ?" Un public frais et enthousiaste, des artistes libres de toute entrave, un gouvernement coopératif, des fonds illimités – eh bien, un tout nouveau monde merveilleux s'ouvrait devant lui.

"—Dans une dizaine d'années," disait Ivo, " des acteurs syriens viendront en masse sur Terre, ce qui donnera l'impression que les artistes indigènes sont malades—"

Paul sourit sagement. "Maintenant, Ivo, tu sais qu'Equity ne supporterait jamais *ça* ."

" Les actions ne pourront pas s'en empêcher. La pression publique va monter en flèche et... " Ivo s'arrêta. "Désolé. J'étais encore en train de déclamer, n'est-ce pas ? C'est être en plein air qui fait ça. J'ai besoin d'être enfermé par les quatre murs d'un théâtre."

"C'est une erreur", commença Paul. "Sur la scène grecque..."

"Garde ça pour les étoiles, mon gars," sourit Ivo. "Tu dois partir avant qu'il fasse jour." Puis il serra la main de Paul. "Au revoir, gamin," dit-il. "Vous allez les assommer sur Sirius."

"Au revoir, Ivo." Paul rendit la prise. Puis il entra et ferma la porte du sas derrière lui. Il espérait qu'Ivo corrigerait cette tendance à la déclamation ; d'un autre côté, c'était certainement mieux que de marmonner.

Paul a mis un disque *de sirien en un tournemain* sur la platine, car autant commencer à apprendre la langue tout de suite. Bien sûr, il n'aurait personne à qui parler à part lui-même pendant de nombreux mois, mais ensuite, en fin de compte, il était son public préféré. Il s'est attaché au canapé d'accélération et s'est préparé au décollage.

"La semaine prochaine, *East Lynne* ", se dit-il.

www.ingramcontent.com/pod-product-compliance
Lightning Source LLC
LaVergne TN
LVHW040520200726
843493LV00017B/2956